LA
SAINT-CHARLES,

Poëme,

Par Honoré DUMONT.

Propice aux vœux ardens que pour lui nous formons,
Conserve-nous, grand Dieu, le roi que nous aimons.
Louis Racine, *ode VII*, *tirée du Psaume 19.*

PARIS,

LADVOCAT, LIBRAIRE,
PALAIS-ROYAL, GALERIE D'ORLÉANS;

JACQUES LEDOYEN, LIBRAIRE,
PALAIS-ROYAL, GALERIE VITRÉE, N. 228;

ET CHEZ L'AUTEUR, A St. VALERY-SUR-SOMME.

AVRIL 1829.

Paris, Imprimerie de Gaultier-Laguionie, Hôtel des Fermes.

LA
SAINT-CHARLES,
POÈME.

PARIS, IMPRIMERIE DE GAULTIER-LAGUIONIE.

LA
SAINT-CHARLES,

Poëme,

Par Honoré DUMONT.

Propice aux vœux ardens que pour lui nous formons,
Conserve-nous, grand Dieu, le roi que nous aimons.
Louis Racine, *ode VII, tirée du Psaume XIX.*

PARIS,

LADVOCAT, LIBRAIRE,
PALAIS-ROYAL, GALERIE D'ORLÉANS;

JACQUES LEDOYEN, LIBRAIRE,
PALAIS-ROYAL, GALERIE VITRÉE, N. 228;

ET CHEZ L'AUTEUR.

1829.

A SA SEIGNEURIE

MONSEIGNEUR LE MARQUIS

LE PELLETIER-ROSAMBO,

PAIR DE FRANCE,

MEMBRE DU CONSEIL - GÉNÉRAL D'ADMINISTRATION DES HOSPICES CIVILS,
ET DU BUREAU DE CHARITÉ DU Ier ARRONDISSEMENT DE PARIS.

MONSEIGNEUR,

En vous offrant l'hommage d'une production consacrée à peindre des sentiments d'allégresse, oserai-je interrompre un moment la douleur profonde dans laquelle vous êtes plongé, depuis trois années, par la perte d'une épouse accomplie.

Je crains beaucoup, Monseigneur, de faire saigner encore davantage la blessure que votre cœur a reçue, et que malheureusement le temps ne vient pas cicatriser.

Le touchant intérêt que vous ne cessez de me témoigner, Monseigneur, me pénètre de plus en plus d'une vive reconnaissance, et je vous prie de permettre que j'en manifeste ici l'expression.

Si ma démarche avait quelque chose d'inconvenant, je vous supplierais, Monseigneur, d'avoir la bonté de l'excuser, en faveur de la gratitude qui me l'a commandée, et dont il m'est bien doux de donner une nouvelle marque à un si digne descendant de l'illustre Malesherbes.

Je suis, avec un profond respect,

Monseigneur,

De votre Seigneurie,

Le très humble
et très obéissant serviteur,

DUMONT.

AVERTISSEMENT

DE L'AUTEUR.

Cet ouvrage est né au sein de l'infortune, au milieu des soucis d'une position gênée, parmi les embarras d'une famille nombreuse, et il est le fruit des loisirs d'un très médiocre emploi dans une administration de finances.

Voici comment j'ai été amené à traiter le sujet de la Saint-Charles. Depuis le milieu de l'année dernière, je travaillais à un poème sur l'*Automne*. Je me suis rappelé que la fête du Roi avait lieu dans cette saison-là, et j'ai pensé que cette solennité pourrait faire la matière d'un chant de mon ouvrage. Mais à peine avais-je commencé à traiter cet épisode, que l'abondance des idées qui se présentaient à mon esprit m'a fait naître le dessein d'en former un ouvrage séparé.

Ma production, qui renferme plus de deux mille vers, a été composée dans l'espace de quatre mois. Je n'ai pas été à portée de consulter aucun homme de lettres, et j'offre au public mon ouvrage tel qu'il est sorti de mon cerveau, ou plutôt de mon cœur.

Pour que j'eusse pu donner un ordre plus méthodique à cette production, et la revoir attentivement, il eût fallu en différer de quelque temps la publication. Mais des circonstances particulières me forcent à la mettre au jour en ce moment. Je prie donc le public d'avoir de l'indulgence pour une composition qui réclame la bienveillance générale.

Je suis passionné pour toutes les gloires nationales; et mon cœur palpite également au récit de la bataille de Marengo et à celui de la bataille de Fontenoi.

Je n'ai jamais fait d'études. Le goût de la poésie ne s'est révélé à moi qu'à l'âge de trente-sept ans, et néanmoins je me crois destiné à chanter les beaux événemens, et à célébrer les grands hommes, de même que Jeanne-d'Arc s'est crue appelée à délivrer son roi et à sauver la France.

Je m'attends à ce que quelques personnes pourront m'accuser de présomption, de témérité et même de folie. Je les prie de vouloir bien suspendre leur jugement, jusqu'à ce que j'aie fait paraître un poème, en vingt-six chants, sur *Montesquieu*, auquel je travaille depuis dix années, et un poème, en vingt chants , sur *Malesherbes* , dont je m'occupe aussi depuis long-temps.

Les contrariétés nombreuses que j'éprouve , et les dégoûts de toutes sortes dont on m'abreuve, ont souvent abattu mon ame , et j'ai quelquefois été tenté de briser ma plume, comme l'a fait Beccaria. Mais Dieu m'a soutenu dans l'adversité ; et, si je ne dois pas persévérer toute ma vie dans mon ardeur poétique , je ne cesserai mon essor que quand j'aurai payé le tribut que j'ai voué à l'immortel auteur de l'Esprit des Lois et au sublime défenseur de Louis XVI.

LA
SAINT-CHARLES.

Novembre a ramené la fête intéressante
D'un Roi que fait chérir son ame bienfaisante.
Ce prince, aimé de tous, pour son humanité,
Pour sa sollicitude, et pour son équité,
Mérite éminemment les hommages sincères
D'un peuple qu'il régit par des soins tutélaires.
Muse! allons prendre part aux joies de ce beau jour :
Il faut lui consacrer un chant de notre amour.
    La cloche matinale a déjà fait entendre
Des sons que ton esprit a su très bien comprendre ;
Il faut les imiter, s'il se peut, dans ces vers,
Et peindre les transports en ce grand jour offerts.

LES CLOCHES.

Canons, tonnez ;
Clairons, sonnez ;
Tambours, battez ;
Drapeaux, flottez.

Solennisez,
Préconisez,

L'événement
Qu'en ce moment
Nous annonçons,
Et bénissons.

Jour imposant,
Et bienfaisant;
Jour attachant,
Et fort touchant,
Nous te vantons,
Nous te chantons.

Oh! quel beau jour
Pour notre amour!
Quel doux réveil!
Quel beau soleil!

Dans aucun temps,
Le doux printemps
N'offrit jamais
Autant d'attraits.

Ils sont ouverts,
Les temples saints,
Pour des concerts
Vraiment divins.

Venez, venez,
Français, venez.
Entrez, entrez,
Français, entrez.

Prosternez-vous
Devant l'autel :
Adorez tous
L'Être éternel.

Offrez des vœux
Pour votre Roi,
Si généreux,
Si plein de foi,

Ce potentat,
Cher au Seigneur,
Et pour l'état,
Rempli d'ardeur;

Ce Roi pieux,
Et gracieux,
Veut aux humains
D'heureux destins.

Que de beaux chants,
Vraiment touchans,
Vont retentir,
Et le bénir !

Oh ! que de voix
Vont à la fois
Célébrer Dieu,
Dans ce saint lieu !

Prêtres sacrés,
Versez l'encens;

Au ciel offrez
Vos purs accens.

Descends des cieux,
O bienheureux !
Puissant patron
D'un vrai Bourbon.

Viens voir l'ardeur
De son grand cœur,
Et ses projets
Pour ses sujets.

Viens voir combien
Sa piété
Est le soutien
De sa bonté.

Viens voir combien,
Dans le saint lieu,
Ce Roi chrétien
Sait plaire à Dieu.

Ce souverain,
Au front serein,
N'a pas en vain
L'appui divin.

LES TROMPETTES.

Air :

O cloches ! nous nous empressons
De venir mêler à vos sons

Notre voix , qui fait retentir
Un nom qu'il est doux de bénir.

Charles , prince cher aux Français,
Est digne de vivre à jamais.
Il mérite , entre tous les rois,
De donner à l'état des lois.

Combien son amour paternel
S'accroît encor devant l'autel !
Combien envers la nation
S'augmente son affection !

Seconde ses nobles desseins,
Toi, l'un des plus vénérés saints :
Sois son puissant intercesseur,
Et son appui près du Seigneur.

Qu'il a de loyaux sentimens,
Dont nous sont garans ses sermens !
Combien il a d'activité
Pour faire régner l'équité !

Il a la grande mission
D'appuyer la religion.
Il a là fonction sacrée
De rendre la France éclairée.

Au premier rang de ses bienfaits,
Il met le maintien de la paix.
Il veut affermir l'union
'Qui règne dans la nation.

Il cherche sa félicité
Au sein de la prospérité,
Du peuple grand et généreux
Qu'il s'efforce de rendre heureux.

LES TAMBOURS ET LA MUSIQUE,

Alternativement, se rendant à Notre-Dame.

Air :

Bronzes tonnans,
Votre bouche s'empresse
D'unir aux chants
Qui peignent l'allégresse
Vos sons pompeux,
Autant que belliqueux.

Bronzes tonnans,
Un Roi cher à la France
Voit les accens
De la reconnaissance
Et de l'amour,
Éclater en ce jour.

Bronzes tonnans,
Quel honorable hommage
Vos sons bruyans
Rendent au prince sage,
Et généreux,
Qui rend son peuple heureux !

Bronzes tonnans !
Pour ce digne monarque,

Vos sons bruyans
Sont une noble marque
D'affection,
De vénération.

Bronzes tonnans,
Ce potentat auguste
Montre en tout temps
Un caractère juste :
Son équité
S'unit à la bonté.

Nobles canons,
Votre voix solennelle
Doit aux Bourbons
Être toujours fidèle :
Quel digne emploi
Que de bénir son roi !

Bronzes tonnans,
N'alarmez plus la terre :
Assez long-temps
Votre effrayant tonnerre
A renversé des remparts formidables,
Et terrassé des guerriers redoutables.

Bronzes tonnans,
Fameux par des conquêtes,
Vos sons bruyans
Proclameront nos fêtes,
Et vous ferez répéter aux échos
Les noms par qui nous goûtons le repos.

Bronzes tonnans,
Qu'on a rendus terribles,
Vos sons frappans
Sont devenus paisibles,
Et maintenant votre imposante voix
Doit célébrer les peuples et les rois.

Bronzes tonnans,
Quand votre arme naissante,
Au sein des camps
Se montra foudroyante,
La guerre prit un aspect tout nouveau,
Et des donjons vous fûtes le fléau.

Bronzes tonnans,
L'art de l'artillerie,
En peu de temps,
A, dans notre patrie,
Pris un éclat
Précieux à l'État.

Bronzes tonnans,
Votre gloire est illustre,
Et, dans mille ans,
On parlera du lustre
De vos exploits,
Signalés tant de fois.

Bronzes tonnans,
Vos bouches enflammées,
En ces instans,
Vont au Dieu des armées

Rendre l'honneur
Que l'on doit au Seigneur.

Bronzes tonnans,
Saluez la patrie :
Pour ses enfans
On la voit attendrie
De tout l'amour
Qu'ils montrent en ce jour.

Bronzes tonnans,
Saluez nos phalanges,
Vos sons bruyans
Leur doivent des louanges,
Pour leur valeur,
Et leur constante ardeur.

Bronzes tonnans,
Au drapeau de la France
Que vos accens,
Aimés de la vaillance,
Rendent honneur,
En ce jour de bonheur.

Bronzes tonnans,
Votre voix fulminante
Vient tous les ans
Se montrer éclatante :
Nous désirons que dans un siècle, et plus,
De Charles-dix vous soyez entendus.

Bronzes tonnans,

2.

Qu'un grand nombre d'années
    Soient à ses ans
Par le ciel ajoutées.
    Puisse un tel vœu
Etre exaucé de Dieu !

LES CLARINETTES, LES VIOLONS ET LES FLUTES,
Alternativement.

Air :

CHARLES, vois ton beau nom
Inspirer l'allégresse ;
Il nous montre un Bourbon
Qu'on chérira sans cesse.

Tu te vis proclamé,
Par la reconnaissance,
Du nom de Bien-Aimé
Dès ton entrée en France.

Ce titre vraiment doux
Anime ta grande-ame,
Et l'on voit que pour tous
Un beau zèle t'enflamme.

Tu consacres tes jours
A servir la patrie,
Et de tes soins toujours
La France est attendrie.

Oh ! que ta bienfaisance
Est chère aux malheureux !

Combien ta vigilance
Est prospice à leurs vœux !

Soutien de l'industrie,
Qui fait fleurir l'État,
A tes soins la patrie
Doit un solide éclat.

Les sciences, les arts,
Sous ta noble influence,
Brillent à nos regards,
Avec magnificence.

Protecteur de la loi,
Appui de la justice,
Tu nous montres un roi
Au bien toujours propice.

Ami des libertés
Que possède la France,
La presse à tes bontés
Doit son indépendance

LA MUSIQUE ET LES TAMBOURS,
Alternativement.

Air :

Drapeau des lis,
Ton éclat se déploie,
Et dans Paris,
Tu peux voir quelle joie,
Et quel amour
On montre en ce grand jour.

Drapeau royal,
'Étendard magnifique,
Noble signal
D'allégresse publique,
En ce moment
Tu flottes brillamment.

Drapeau des lis,
Dans cette auguste fête,
Tu nous souris,
Et couronnes le faîte
Du beau palais
D'un roi cher à jamais.

Drapeau français,
Les élus de la France
Voient leurs palais
Applaudir ta présence :
Ta dignité
Flatte leur loyauté.

Drapeau des lis,
Ce dôme où l'or éclate
A, dans Paris,
Un destin qui te flatte,
Et la valeur
Te voit lui rendre honneur.

Drapeau français,
Qu'on aime ta présence

Sur le palais
Où l'honneur se dispense !
Et constamment
Il t'a pour ornement.

Drapeau des lis,
La colonne éternelle
Que dans Paris
Une voix immortelle
Sut ordonner
Te voit la dominer.

Drapeau charmant,
Quel noble orgueil t'anime,
En couronnant
Ce monument sublime,
Où nos héros
Voient leurs fameux travaux !

Drapeau des lis,
Sur le vaste édifice
Où dans Paris
Vient régner la Justice,
Ta majesté
Honore l'équité.

Drapeau français,
L'élite de la France
Sur son palais
Voit ta magnificence :
Aux nobles pairs
Tes honneurs sont offerts.

Drapeau des lis,
Étendard monarchique,
Tu resplendis
Sur notre Basilique,
Et rends honneur
Au divin Rédempteur.

Drapeau français,
Étendard tutélaire,
Quand tu parais
Au sein du sanctuaire,
Ton noble aspect
Imprime un grand respect.

Drapeau des lis,
O brillante bannière!
Tu réjouis
La France tout entière :
De toutes parts.
Tu charmes les regards.

Drapeau des lis,
Nos ports et nos vaisseaux,
Enorgueillis
De tes destins si beaux,
Ont l'espérance
D'une grande abondance.

Drapeau des lis,
Dans chaque capitale,
Pour Charles-Dix,
Ton éclat se signale,

En ce moment,
Si rempli d'agrément.

Drapeau des lis,
Que le ciel envisage,
A Charles-Dix
Tu rends un noble hommage,
Parmi les pavillons
De tant de nations.

LES TROMPETTES.

Air :

Charles le bien aimé,
D'un beau zèle enflammé,
Vient secourir la Grèce :
Aussitôt tout s'empresse
A traverser les flots
Pour des projets si beaux.

LES CORS.

Le général Maison,
Vaillant fils de la gloire,
A fait briller son nom
Par plus d'une victoire,
Et son rare mérite
Guide une noble élite.

LES TROMPETTES.

On arrive en Morée,
Cette antique contrée
Chère à la liberté,

A la société,
Aux filles de mémoire,
Qui révèrent sa gloire.

LES CORS.

Terre jadis classique
En tous genres de biens,
Le pouvoir despotique
Changea les citoyens
En esclaves flétris
Par un brutal mépris.

LES CLARINETTES.

Un roi, cher à la France,
Prescrit la délivrance,
La résurrection
De cette nation
Si pleine d'héroïsme,
Et de patriotisme.

LES FLUTES.

Généreux Charles-dix,
Tu dois avoir pour prix
De ton œuvre admirable,
A jamais mémorable,
Les bénédictions
De bien des nations.

LES VIOLONS.

Oui, ton noble salaire,
O prince tutélaire !
Sera le doux plaisir

De combler le désir
D'un peuple magnanime,
Qu'un zèle pur anime.

LA MUSIQUE ET LES TAMBOURS,
Alternativement.

Air :

Drapeau des lis,
Depuis huit cents années,
Tu t'applaudis
Des hautes destinées
Qu'à ta valeur
Accorde le Seigneur.

Drapeau des lis,
La Religion sainte
Te voit soumis
A sa divine empreinte,
Et t'affermit
Quand sa main te bénit.

Drapeau brillant,
Que la gloire environne,
Noble garant
D'une auguste couronne,
Combien tu dois
Être cher à nos rois!

Drapeau des lis,
Aimé de la victoire,
Tu t'es acquis
Une immortelle gloire

Dont les succès
Enflamment les Français.

Noble drapeau
D'une intrépide armée,
Oh! qu'il est beau
De la voir animée
De tant d'ardeur
Pour le prince et l'honneur!

Noble étendard,
O bannière sacrée,
Chère à Bayard,
Et toujours-illustrée,
Quel grand essor
Tu sauras prendre encor!

Drapeau des lis,
Ta blancheur éclatante
Aux ennémis
Inspire l'épouvante,
Et ta beauté
Brille avec majesté.

Drapeau d'honneur,
Qu'une héroïne illustre,
Par sa valeur,
Décora d'un beau lustre,
Soutiens nos droits,
Et protége les rois.

Drapeau des lis,

Duguesclin l'indomptable,
Pour son pays
Fut inappréciable,
Et ta grandeur
Enflamma son ardeur.

Drapeau des lis,
Dunois, par sa vaillance,
Des ennemis
Sut délivrer la France ;
Il vint, sous toi,
S'illustrer pour son roi.

Drapeau des lis,
Clisson, ce connétable,
Qui s'est acquis
Un nom recommandable,
Accrut l'honneur
De ta rare splendeur.

Drapeau des lis,
Qu'un grand éclat décore,
Pour son pays,
Un La Trémouille encore,
Devant tes yeux,
Fit des traits glorieux.

Drapeau des lis,
Crillon, la valeur même,
Sous deux Henris,
Pour ta gloire suprême,

Fit des exploits
Qui sont chers à nos rois.

Drapeau des lis ;
Ton premier capitaine,
    Pour son pays,
Sur la sanglante arène ;
    Eut un trépas
Fameux dans les combats.

Drapeau des lis,
Ce Condé qu'on renomme,
    Et dont tu fis
Un héros, un grand homme,
    Eut une ardeur
Qui le combla d'honneur.

Drapeau des lis,
Catinat et Vendôme,
    Tous deux remplis
D'amour pour le royaume,
    Sous ton éclat
Ont secouru l'État.

Drapeau des lis,
Luxembourg, plein de gloire,
    Sut, pour Louis,
Maîtriser la victoire,
    Et sa valeur
Aussi te fit honneur.

Drapeau français,

Vauban, par son génie,
Chër à jamais
A sa noble patrie,
Sous un grand roi
Fut très zélé pour toi.

Drapeau des lis,
L'admirable Maurice,
Ton vaillant fils,
Te vit toujours propice
A ses efforts,
A ses nobles transports.

Drapeau des lis,
Berwick, plein de vaillance,
Que tu chéris,
Et qu'adopta la France,
Eut en retour
Pour elle un grand amour.

Drapeau des lis,
Que d'Assas eut pour guide.
Tu t'applaudis
De son zèle intrépide,
Et son grand cœur
Sut te rendre vainqueur.

Drapeau français,
Sous ta haute influence,
Par ses succès,
Villars sauva la France,

Et ce héros
Nous donna le repos.

Drapeau des lis,
L'héroïque Vendée
Fut un pays
Où ta foi fut gardée :
Quel dévoûment
S'y montra constamment !

Drapeau des lis,
Étendard tutélaire,
Tu t'applaudis
De l'union sincère
Qui, pour jamais,
Règne entre les Français.

Drapeau des lis,
Enseigne formidable,
Tu t'embellis
D'un éclat agréable
Quand ton ardeur
Protége le malheur.

Drapeau français,
Que la blancheur décore,
De nobles faits
Dieu te réserve encore,
Pour protéger
Les peuples en danger.

LES VIOLONS ET LES CLARINETTES,
Alternativement.

Air :

Rendons un sincère hommage
A notre roi bienfaisant :
Bénissons tous l'avantage
De son règne intéressant.

A ce prince chérissable
Payons, en ce noble jour,
Le tribut vraiment louable
De notre constant amour.

Avec un tendre intérêt,
Il visite ses provinces :
Chacune en lui reconnaît
Le plus affable des princes.

Aux bords du Rhin, de la Meuse,
Aussi bien que dans Paris,
De son ame généreuse
Il reçoit le digne prix.

Tout lui paie un doux tribut
D'amour et de gratitude :
Tout voit que son noble but
Est plein de sollicitude.

Il découvre les besoins
Qu'éprouve chaque contrée,

Et de fleurir, par ses soins,
Chacune est bien assurée.

Il interroge, il accueille
Avec beaucoup de bonté,
Et de sa bouche on recueille
Des mots pleins d'humanité.

Mais combien ses actions
Sur ses paroles l'emportent!
Que de bénédictions
De toutes les bouches sortent!

De saint Louis il possède
La touchante piété.
Charles à nul roi ne cède
En haute capacité.

De Louis-Douze on lui voit
Le zèle pur et sincère,
Et chaque jour on lui doit
Quelque événement prospère.

Il montre la bonté rare
Qu'avait Henri de Navarre,
Et la sensibilité
Qu'avait ce roi, si vanté.

Il a la franchise aimable
De ce roi, toujours cité;
Il a son air agréable,
Et sa popularité.

Ainsi que Louis-le-Grand,
Vrai bienfaiteur du génie,
Charles, du profond savant,
Veut voir la vie embellie.

Les Muses encouragées
Par ses regards gracieux,
Sont constamment protégées
Par son appui glorieux.

LES FLUTES.

Charles sait applaudir
L'heureuse découverte
Que nous devons bénir,
Et qui nous est offerte
Par l'amour paternel
D'un bienfaisant mortel.

LES FLAGEOLETS.

La vaccine aux humains
Est vraiment précieuse :
De funestes levains
Elle est victorieuse,
Et le nom de Jenner
A l'Europe est bien cher.

LA MUSIQUE ET LES TAMBOURS,
Alternativement.

Air :

Drapeau des lis
Que respecte le monde,

Tu t'es acquis,
Sur la terre et sur l'onde,
Une splendeur
A qui tout rend honneur.

Drapeau des lis,
Duquesne, l'invincible,
Aux ennemis
Sut se rendre terrible ;
Son pavillon
Fit trembler Albion.

Drapeau français,
En exploits si fertile,
Par quels beaux faits
Duguay-Trouin, Tourville,
Ont augmenté
Ton éclat mérité !

Drapeau des lis,
Jean Bart, plein d'une audace
Qu'en nul pays
Aucune autre n'efface,
Vengea, sous toi,
Sa patrie et son roi.

Drapeau des lis,
Forbin, grand dans l'histoire,
Fut très épris
Des attraits de ta gloire,
Et son amour
S'augmenta chaque jour.

Drapeau des lis,
L'intrépide d'Estrées,
Pour son pays,
Dans diverses contrées,
En ton honneur,
Signala sa valeur.

Drapeau des lis,
La puissante Amérique
Connaît le prix
De ton zèle civique,
Et, dans Boston,
Tu charmas Washington.

Drapeau des lis,
Suffren, si redoutable
Aux ennemis,
Eut un zèle admirable
Pour ta splendeur,
Qu'affermit sa valeur.

Drapeau français,
D'Estaing, guerrier illustre;
Par ses succès
Accrut encor ton lustre;
Et ses talens
Furent très éminens.

Drapeau des lis,
Sous toi l'on vit de Grasse
Aux ennemis
Montrer sa grande audace,

Et ce héros
Fut cher aux matelots.

Drapeau des lis,
D'Orvilliers eut la gloire,
Pour son pays
D'obtenir la victoire,
Et tes destins
Brillèrent dans ses mains.

Drapeau des lis,
Bien d'autres capitaines,
Vraiment remplis
De vertus souveraines,
Ont, pour l'état,
Fait briller ton éclat.

Drapeau des lis,
Qu'un zèle pur anime,
Que tu chéris
Charles le magnanime!
Tu veux long-temps voir vivre ce bon roi,
Dont la justice est la suprême loi.

Drapeau des lis,
Plein d'ardeur pour la France,
Tu resplendis
Sous l'œil de la vaillance.
Tu fais des vœux pour que ton souverain
Ait un long âge, un très heureux destin.

LA MUSIQUE, DANS L'ÉGLISE.

Air :

Honneur et gloire au roi des cieux,
Qui nous donne un prince pieux,
   Vigilant, actif, équitable,
   Et pleinement recommandable.

   Qu'il soit comblé de jours heureux,
   Ce prince vraiment généreux;
   Que sa famille, si chérie,
   Orne long-temps notre patrie;
   Qu'elle ait cette félicité
   Que lui mérite sa bonté.

Qu'à jamais les Bourbons règlent nos destinées,
Pour qu'elles soient toujours tranquilles, fortunées.
Que la religion s'attache tous les cœurs :
Que toujours la vertu soit au sein des grandeurs;
Que toujours les beaux-arts embellissent la France;
Que les lois aient toujours la plus haute influence;
Que la liberté soit sans cesse parmi nous :
Qu'on n'abuse jamais d'un bienfait aussi doux;
Qu'entre tous les Français l'union soit constante;
Que l'autorité soit constamment vigilante;
Qu'elle soit constamment fidèle au souverain :
Que dans elle le peuple ait un appui certain.

LES TAMBOURS.

Célébrons Dieu,
Dans ce saint lieu.

Par tous nos sons,
Nous bénissons
L'Etre éternel
Et paternel,
Dont la bonté,
La volonté,
Fait nos destins.

Dieu des humains,
Nous t'adorons;
Nous t'implorons,
Pour notre roi,
Cher à ta loi :
Fais que ses jours
Aient un long cours !

Prince excellent,
Et vigilant;
Prince éclairé
Et révéré;
Prince pieux
Et gracieux;
Roi bienfaisant,
Compatissant,
Plein d'équité,
De majesté,
Tout vous sourit,
Tout vous chérit.

Comblez nos vœux :
Soyez heureux.
Ces vrais souhaits,

Des bons Français,
Sont pleins d'ardeur
Et de ferveur.

O juste Dieu !
Dans ce saint lieu,
Comblez nos vœux,
Rendez heureux
Votre oint sacré
Si vénéré.
Qu'il soit long-temps,
Oh ! bien long-temps !
Notre soutien,
Ce roi chrétien.

C'est notre espoir;
Notre devoir
Est d'obéir,
Et de servir
Avec amour,
Et chaque jour,
Ce roi si bon,
Ce grand Bourbon.

PRIÈRE DU ROI.

Dans ce temple, je viens adorer ta puissance,
Dieu, qui m'as confié le sceptre de la France.
O Dieu de l'univers ! sans toi l'homme n'est rien,
Sans ton divin secours, il ne peut aucun bien.
Oui, c'est de toi, grand Dieu, que je tiens la couronne;
Fais que de la vertu mon trône s'environne,

Et fais que dans mon cœur la parfaite équité
Accompagne toujours la douce piété.
Donne à tout mon royaume une grande abondance;
Donne à tous les Français une heureuse existence.
Pour leur félicité tu connais mon ardeur,
Et tu sais qu'ils ont tous leur placé dans mon cœur.

Dispose à ton désir de ma noble carrière;
Éclaire-moi toujours de ta vive lumière,
Et que ton esprit saint daigne me suggérer
Ce qu'il faut pour te faire en tous lieux révérer.
Fais que dans mon état la sage tolérance
A tous fasse goûter sa touchante influence,
Et qu'en France jamais la superstition
Ne vienne s'allier à la religion;
Que les préceptes chers du pur christianisme
Ne s'unissent jamais avec le fanatisme.

Fais que je sois toujours l'esclave de la loi;
Que mon peuple en moi trouve un secourable roi.
Rends-moi toujours l'appui du pacte tutélaire,
Qu'aux Français a donné mon magnanime frère.
Fais que j'exerce avec sagesse et fermeté
Tout ce que tu remets à mon autorité.
Répands sur ma famille et sur ma dynastie
Les bénédictions de ta grace infinie.
Que les ministres saints de la religion
Donnent l'exemple à tous de la soumission
A tout ce que prescrit le bien de la patrie,
Qui de chaque Français doit se trouver chérie.

Ranime dans les cœurs le flambeau de la foi :
Embrase-les d'amour pour ta divine loi.
Que l'incrédulité perde enfin son audace,

Et ressente l'effet de ta grace efficace.
Que ton culte si pur, si saint, si consolant,
Ne soit jamais l'objet d'aucun schisme alarmant.
Éloigne des autels l'indigne hypocrisie,
Plus coupable à tes yeux qu'une affreuse hérésie.
Que tes ministres aient toujours cette douceur,
Que montra constamment notre divin sauveur.
Pour toi, Dieu tout puissant, je donnerais ma vie,
Plutôt que de céder aux clameurs de l'impie,
Et de ne pas offrir à ta religion
Tout l'appui qu'elle attend de mon affection.
Puisqu'on m'a proclamé fils aîné de l'église,
Je remplirai la tâche à mon pouvoir commise.
Je veux que ton culte ait, au sein de mon état,
La plus grande splendeur et le plus pur éclat;
Que tes prêtres sacrés, pleins d'un zèle sincère,
Aient un sort convenable à leur saint ministère.

Noble habitant des cieux, dont je porte le nom,
Qui de bien des mortels es le divin patron,
Donne-moi le secours de ta haute assistance :
Inspire-moi toujours beaucoup de vigilance
Pour l'intérêt public et la religion,
Ces deux objets si chers à mon affection.
Que ta puissante main constamment me protége :
Le poids du diadême a besoin qu'on l'allége,
Par le divin secours des esprits bienheureux,
Toujours prêts à servir nos légitimes vœux.

Et toi, reine du ciel, adorable Marie,
A qui l'on a voué le sort de ma patrie,
Toi, qui donnas le jour au divin rédempteur,
Toi, des infortunés l'appui consolateur,

Agrée, en ce grand jour, mes hommages sincères,
Qui sont constamment dus à tes soins tutélaires.
Quel amour on te doit, ô reine des humains !
Quel ascendant tu peux avoir sur leurs destins !
Combien ton assistance à l'homme est précieuse !
Combien ta mission est sainte et glorieuse !
Alors que l'on t'invoque, avec beaucoup de foi,
L'on est bien sûr d'avoir un grand secours de toi,
Intercède envers moi près du maître suprême,
Pour qu'il fasse toujours chérir mon diadême,
Et verse dans mon cœur, jusqu'à mon dernier jour,
L'inestimable bien de son divin amour.

Je vous invoque encore, ô céleste milice !
Soyez à tous mes vœux également propice :
Que tout le ciel enfin soit en notre faveur,
Et nous pourrons goûter un durable bonheur.

LES ORGUES.

O souverain cher aux Français,
Vos soins ont un noble succès !
Nous chérissons votre existence,
Nous supplions la Providence
D'étendre le cours fortuné
Du pouvoir qui vous est donné.

Qu'elle est belle cette entreprise
Que le Tout-Puissant a commise
A votre zèle généreux,
Qui désire nous rendre heureux !
C'est une tâche vraiment grande,
Qu'à vos soins le ciel recommande.

Trente millions de citoyens
De vous attendent tous les biens.
Vous êtes le prince et le père
D'un peuple loyal et sincère,
Et qui se soumet à ses rois,
Autant qu'il est fier de ses droits.

Prince, vraiment grand par vous-même,
Combien le plus beau diadème
Entre vos mains se fait bénir !
Combien vous vous faites chérir !
Combien votre sollicitude
Mérite notre gratitude !

PRIÈRE DES ASSISTANS.

Dieu juste, Dieu clément, Dieu que le monde adore,
Pour notre Charles-Dix chacun de nous t'implore.
Aucun prince jamais n'eut droit à plus d'amour.
Toi, qui vois ses desseins, du céleste séjour,
Dieu, promoteur des rois, protecteur de la France,
Conserve-nous long-temps la royale existence
D'un monarque rempli d'une si noble ardeur.
Il mérite à jamais sa suprême grandeur.
Tu connais les desseins qui sont dans sa pensée :
Tu vois combien son ame est toujours empressée
A combler tous les vœux que forment ses sujets.
Accomplis, Dieu puissant, tous ses nobles projets.
Combien il a de droits à la reconnaissance
De tous les citoyens, ce roi cher à la France !
Vois combien de travaux il fait exécuter,
Et vois combien d'amour il cherche à mériter.
Après tant de malheurs qu'a supportés la terre,

Chaque état souffre encor des troubles de la guerre.
Le commerce partout languit également :
Fais qu'il prenne bientôt un grand accroissement.
Donne à chaque contrée un repos salutaire ;
Donne-lui le bienfait d'un régime prospère.
Que ta puissante voix affranchisse les mers,
Et répande la paix au sein de l'univers.
O Dieu ! restaurateur d'un trône légitime,
Bénis les êtres chers au prince magnanime
Pour qui, dans cet instant, toute une nation
Se plaît à témoigner beaucoup d'affection.
Que sa famille auguste ait toujours en partage
Ce que peut désirer son plus grand avantage ;
Qu'elle n'éprouve plus jamais aucun malheur :
Qu'elle soit à l'abri de ton aile, ô Seigneur !

LES ORGUES.

Vivez long-temps, ô magnanime roi !
Vivez long-temps, prince rempli de foi.
Votre existence est à tous précieuse,
Et vos travaux la rendent glorieuse.

L'Eglise voit en vous un protecteur.
La France trouve en vous un bienfaiteur.
La royauté, par vos soins affermie,
Des droits du peuple est la sincère amie.

Aimez toujours ce roi, qui vous porte en son cœur,
Français, il n'est heureux que de votre bonheur.
Il vous donne les lois que votre ame désire.
De la religion il assure l'empire.

UN PRÊTRE, DANS LA CHAIRE.

Chrétiens, qu'un zèle pur assemble en ce saint lieu,
Que d'actions de grâce il nous faut rendre à Dieu,
Pour avoir confié le sceptre de la France
A des princes qui font bénir sa Providence!
Ces protecteurs zélés de la religion
Sont aussi les soutiens de notre nation.
Pères de leurs sujets, ces princes légitimes
Sont affables, autant qu'on les voit magnanimes,
Et celui qui gouverne aujourd'hui les Français
Voit couronner ses soins du plus heureux succès.

Qu'il mérite, en effet, que son règne prospère,
Ce prince, vraiment sage et vraiment tutélaire!
Quels droits il s'est acquis à notre affection,
Ce prince, si rempli de modération!
Et quels droits n'a-t-il pas à notre gratitude,
Ce prince, en qui l'on voit tant de sollicitude!

Fort des droits de son sang, et fort de notre amour,
Qu'il voit évidemment s'accroître chaque jour,
Il était présenté par sa haute naissance,
Dont l'illustration a mille ans d'existence ;
Il était proclamé par le vœu des Français,
Qui déjà présageaient ses insignes bienfaits.
Son ame a voulu suivre un solennel usage,
A qui la piété se plaît à rendre hommage;
Et, dans la Basilique où l'imposant Remi
Vit le trône des Francs par sa main affermi,
Alors que sur Clovis il versa l'huile sainte,
Charles-Dix a voulu, plein d'amour et de crainte,
Pour les nobles devoirs imposés à son cœur,

Charles-Dix a voulu que la main du Seigneur
Imprimât sur son front le signe salutaire
Du suffrage céleste, et vraiment nécessaire
Pour garantir à tous le dévoûment sacré
D'un prince qui par Dieu désire être éclairé.
Quelle digne assurance au peuple fut donnée,
Dans cette auguste enceinte, à jamais destinée
A voir le Saint-Esprit répandre tous ses feux
Sur nos princes, qui sont les envoyés des cieux!
Charles-Dix a juré, sur le saint Évangile,
Qu'à la foi de l'Église on le verrait docile;
Au pied du saint autel, il a fait le serment
D'affermir l'équité, dans son gouvernement;
De respecter les lois, d'appuyer l'innocence,
Et d'employer toujours sa royale existence
A faire le bonheur de l'état, que le ciel
A daigné confier à son soin paternel.
 Ce monarque, en ce jour de touchante allégresse,
Renouvelle, en son cœur, sa royale promesse.
J'en atteste votre ame, ô prince bien aimé!
De quel ardent amour je vous vois animé
Pour la religion, pour la loi, pour la France,
Et je lis dans vos yeux la sublime espérance
Que, secondé de Dieu, vous parviendrez enfin
A remplir pleinement votre éminent destin.
 O mortels! qui venez, dans cette auguste enceinte,
Apporter tous vos vœux à la majesté sainte,
Intercédons ensemble en faveur de ce roi,
Dont le cœur est rempli de la plus pure foi.
Que le Père éternel, que le Christ adorable,
Que l'Esprit saint, brûlant d'un amour ineffable,

Que la reine des cieux, que l'immortel patron
Dont l'Église, en ce jour, célèbre le saint nom :
De tous les bienheureux, enfin, que le cortége
Favorise ce roi, le guide, le protége ;
Qu'il soit toujours comblé de bénédictions,
Ce prince, vénéré de tant de nations.
Que ces grands magistrats dont la voix le seconde,
Et qui font applaudir sa sagesse profonde,
Conservent bien long-temps son auguste faveur,
Puisqu'ils ont pour ses lois la plus loyale ardeur.
Que sa famille auguste, affable et bienfaisante,
Exerce fort long-temps sa tâche consolante.
Que les jours de ce roi, pour nous si précieux,
Soient rendus par le ciel infiniment nombreux.

LES ORGUES, A L'ÉLÉVATION.

Voici le corps du Dieu vivant ;
Prosternons-nous dans cet instant :
Bénissons ce divin mystère
Que l'univers entier révère.
Le sang d'un Dieu, mort sur la croix,
Vient ici s'offrir à la voix
Du prêtre, dont le saint office
Célèbre un si grand sacrifice.
Adorons tous, avec ferveur,
Le corps de ce divin sauveur.

Heureux qui participe au banquet ineffable
Que nous offre d'un Dieu la bonté secourable !
Quelle force nous donne un si pur aliment !
Il élève notre ame au sein du firmament ;

Il donne à notre cœur un courage invincible :
Il semble qu'au malheur il n'est plus accessible.

Quel bonheur pour celui qui possède son Dieu,
Qui s'immole pour nous encor dans ce saint lieu !
La grace du Très Haut nous remplit d'allégresse :
Il faut à l'obtenir que tout mortel s'empresse.
Dieu vient offrir à nous son amour paternel :
Il veut nous accorder un bonheur éternel.
Sa voix puissante crie, à chaque créature,
Qu'il est l'unique auteur de toute la nature ;
Que la religion qu'il révèle aux humains
Est le plus grand bienfait que nous donnent ses mains ;
Qu'une piété tendre, éclairée et sincère,
Perfectionne l'homme au sein de sa carrière,
Et lui donne la paix, la douce paix du cœur,
Sans laquelle jamais il n'est de vrai bonheur.

SAINT LOUIS.

Nous sommes descendus de la voûte azurée,
Afin de prendre part à la fête sacrée
Que célèbre la France, en l'honneur de son roi,
Dont la sollicitude est égale à sa foi.

Toi, qui nous as placés dans le séjour céleste,
Dont le trône à nos yeux toujours se manifeste,
Dieu puissant, dont la voix veut sauver les mortels,
Pour Charles nous formons, aux pieds de tes autels,
Tous les sincères vœux que puisse faire entendre
L'amour le plus touchant, l'intérêt le plus tendre.

Ce prince est dans ta voie, ô souverain seigneur !
Fais qu'il reste fidèle à sa plus pure ardeur :
Sa piété si ferme, éclairée et sublime,

Vient agrandir encor son ame magnanime,
Et fortifie aussi son zèle pour l'État,
Qui s'applaudit d'avoir ce Roi pour potentat.

O Dieu, qui sur son front as mis le diadême,
Donne-lui le secours de ton appui suprême!
Permets que, secondant ses desseins précieux,
Nous portions bien souvent sur ce prince les yeux;
Mais que pourtant il n'ait aucune connaissance
De ce que fait pour lui notre haute assistance;
De même qu'il ignore, en ce jour solennel,
Qu'à ses côtés il a des habitans du ciel,
Des princes pleins d'amour pour le bien de la France,
Qui conserve pour eux de la reconnaissance.

Charles, continuez de vous montrer en roi
Qui respecte beaucoup l'empire de la loi;
Continuez d'agir en prince pacifique,
Et protégez toujours la liberté publique.
Maintenez l'équilibre entre les nations :
Soyez médiateur dans leurs divisions.
Que la religion, sous votre aimable règne,
Fasse à chacun goûter les dogmes qu'elle enseigne.
Conduisez votre État à la prospérité,
Et vous affermissez toujours dans l'équité.

LOUIS XII.

Créateur des humains, du ciel et de la terre,
O toi! qui fais mouvoir ce que le globe enserre,
Accorde le bonheur à cette nation
Qui cherche à mériter ta bénédiction.
Tu la fais gouverner par un monarque auguste,

Doué d'un caractère aussi ferme que juste.
Donne à ce souverain des jours assez nombreux
Pour qu'il puisse bénir ses arrière-neveux.
Donne-lui constamment la force précieuse
Qu'il faut pour bien remplir sa tâche glorieuse.
Fais qu'il ait constamment cette sérénité,
Si rare dans les soins qu'offre la royauté ;
Que sa santé jamais n'offre d'inquiétude
A tant d'êtres voués à sa sollicitude ;
Que la noble louange ait pour lui des attraits,
Quand elle a pour objet de vanter ses bienfaits,
Et de l'encourager à la persévérance
Dans ses heureux desseins en faveur de la France ;
Que l'adulation, corruptrice des Rois,
N'ose jamais, à lui, faire entendre sa voix ;
Fais-lui toujours haïr l'indigne flatterie.
Fais qu'il soit surnommé père de la patrie.

<h3 style="text-align:center">HENRI IV.</h3>

Maître de l'univers, donne au roi de la France,
Pour le bonheur public, une longue existence.
Puisque tous les humains sont protégés par toi,
Rien à toi ne plaît mieux qu'un pacifique roi.
Charles, par un effet de son louable zèle,
Voudrait anéantir la guerre si cruelle ;
Mais il sait que pourtant la sévère équité
Fait parfois de la guerre une nécessité.
La guerre peut donc être un objet légitime
Pour un roi très humain et vraiment magnanime ;
Elle peut lui paraître un souverain devoir,
Et pourtant mal remplir son raisonnable espoir.

Ainsi, sans que la guerre ait pour lui quelques charmes,
Un roi doit être prêt à signaler ses armes.

  Si Charles est forcé de lever l'étendard,
O Dieu puissant, sers-lui d'invincible rempart !
Fais que ses légions, par l'honneur enflammées,
  Sachent que par toi seul triomphent les armées.

LOUIS XIV.

  Auteur de la nature, ô roi de l'univers !
Toi, qui donne la vie à tant d'êtres divers,
Vois un puissant État pour lequel on t'implore,
Et qui depuis Clovis te connaît et t'adore.
Tu lui donnes un chef digne d'un grand amour ;
Il semble être venu de l'éternel séjour,
Tant il montre d'ardeur pour ta divine loi,
Et tant il sait remplir tous les devoirs d'un roi.
On espère de lui tout ce qu'on peut attendre
D'un prince dont le zèle est aussi pur que tendre.
Favorise, ô mon Dieu ! les louables desseins
D'un roi si distingué parmi tous les humains.
Fais que sa nation, si grande et généreuse,
Devienne, par ses soins, aussi la plus heureuse.
La France est un État comblé de tes faveurs,
Et qui sent tout le prix de tes soins protecteurs.
Conserve-lui, seigneur, ce roi recommandable,
Qui voue à sa patrie un zèle inaltérable.
Fais qu'il puisse accomplir les plus chers de ses vœux,
Ce prince, si rempli de penchans vertueux ;
Fais qu'il puisse affermir tout ce que sa puissance,
Par ton divin secours, établit dans la France ;

Fais qu'au milieu des siens, il jouisse long-temps
De tout ce qu'ont produit ses bienfaits importans.

LOUIS XVI.

» Seigneur, entends ma voix pour un frère qui t'aime,
Et qui tient de tes mains un brillant diadème.
Qu'il m'est doux de lui voir beaucoup de piété,
Et de trouver en lui la plus grande équité!

Alors qu'on me ravit ma terrestre existence,
La terreur désolait le royaume de France;
Tous mes proches étaient dans l'exil et les pleurs;
Les Français gémissaient sous d'horribles malheurs.
Le trône des Bourbons, brisé par l'anarchie,
Sous ses débris semblait entraîner la patrie :
Tout paraissait perdu pour cet État puissant,
Que maintenant je vois si beau, si florissant.

Quelle reconnaissance à tes bontés est due,
O Dieu, par qui la France à ses rois est rendue!
Cet État, restauré par une habile main,
Est sûr d'avoir long-temps un fortuné destin,
Si, fidèle aux vertus, à la foi de ses pères,
Le peuple craint l'effet des funestes chimères.

Les Bourbons sont vraiment à l'État dévoués,
Et par l'honneur toujours veulent être avoués;
Mais ils veulent surtout que leur haute puissance
Obtienne l'agrément de cette Providence
Qui gouverne les rois, ainsi que leurs sujets.
Ils veulent fortement que leurs nobles projets,
Dictés par la raison, mûris par la sagesse,
Garantissent l'État des maux de la détresse.

Charles, mettez au rang de vos nobles travaux

Le grand soin de veiller à l'emploi des impôts ;
Les tributs sont le sang de la chose publique ;
Il ne faut point contre eux de remède empirique.
Quant aux calamités qui peuvent survenir,
Charles, soyez toujours prêt à les adoucir ;
Que contre ces fléaux un trésor se conserve,
Et qu'il soit dans l'État constamment en réserve.
Apportez un remède à la mendicité,
Et traitez cette plaie avec habileté.
Multipliez beaucoup le travail, l'industrie,
Par qui toujours on voit prospérer la patrie.

    Charles, soyez heureux, par votre dignité,
En donnant à l'État cette félicité
Qui peut naître des soins d'un prince magnanime,
Que la religion, si bienfaisante, anime.
Le ciel vous a placé dans ce suprême rang,
Où vous établissait l'éclat de votre sang.
Le peuple s'applaudit de rendre obéissance
A Charles, si zélé pour le bien de la France.

    Évitez les écueils qu'offre la royauté ;
Ne rebutez jamais l'utile vérité.
Craignez la flatterie avide et téméraire ;
Mais accueillez toujours un éloge sincère :
La louange est l'encens qu'on peut offrir aux rois,
Quand elle ne part point d'une servile voix,
Et qu'elle a pour objet d'exciter leur courage
A faire pour le peuple encore davantage.

    Vous avez la vertu, la foi, l'humanité :
Joignez-y constamment beaucoup de fermeté ;
Ne fléchissez jamais devant cette licence,
Dont on n'a que trop vu la funeste influence.

Satisfaites aux vœux de tous les citoyens,
Autant qu'un prince peut en avoir les moyens.
  Soyez aussi clément qu'un souverain doit l'être :
La clémence est beaucoup agréable au grand Être ;
Il faut que ses avis soient souvent écoutés :
Faites-là donc toujours asseoir à vos côtés.
  Par vous même voyez tout ce que peut connaître
Un prince fort zélé pour le commun bien-être.
Fermez toujours votre âme à la prévention,
Qui des mortels, hélas ! trompe l'opinion.
Gardez-vous d'écouter l'affreuse calomnie :
De votre noble cœur que sa voix soit bannie.
Que d'hommes précieux elle a sacrifiés,
Qu'ensuite les rois ont, trop tard, appréciés !
  Continuez d'avoir beaucoup de vigilance :
Elle est bien nécessaire à votre tâche immense.
Écoutez des conseils propres à vous guider :
Que de nobles esprits viennent vous seconder.
Prenez souvent l'avis de votre conscience ;
Elle ne peut jamais trahir la confiance
Que vous accorderez à sa sincère voix.
  Imposez-vous toujours le frein sacré des lois.
Affermissez beaucoup la liberté légale,
Si propre à faire aimer l'autorité royale,
Et si propre à donner à ce gouvernement
Un appui qu'il n'a pas assez communément.
  Charles, vous êtes mûr, par votre expérience ;
Mais vous êtes encor bien jeune pour la France,
Puisqu'elle attend de vous un long cours de travaux.
D'où chaque jour naîtront quelques bienfaits nouveaux.
Vous avez la santé, l'agilité, la force,

Et le zèle avec vous n'est jamais en divorce.
La patrie, attentive aux vœux de ses enfans,
Vous demande pour père encore bien long-temps.
Le ciel doit exaucer des vœux si légitimes,
Et par-là, satisfaire à nos désirs intimes.

LOUIS XVIII.

Souveraine Bonté, divine Providence,
Toi, dont toujours on doit invoquer l'assistance,
Tu me vois, en ce jour, dans ce temple sacré,
Qu'à la mère de Dieu la France a consacré.
Pour un frère, je viens au sein du sanctuaire,
Honorer de son nom le saint anniversaire ;
Je viens t'offrir mes vœux pour sa prospérité,
Et pour le plus grand bien de sa postérité.

Si, pendant mon exil du royaume de France,
Je n'ai point exercé la suprême puissance,
Mon cœur n'en a pas moins régné sur les Français,
Et je n'en ai pas moins applaudi leurs succès.
Mon amour t'adressait, pour eux, des vœux sincères,
Et j'espérais revoir le trône de mes pères,
Par ta protection, qui ne trompe jamais,
Et de qui j'ai reçu tant de nobles bienfaits.

J'avais laissé la France en proie à l'anarchie ;
Elle m'apparaissait par la guerre envahie.
Les étrangers visaient à démembrer l'État ;
Mais les Français voulaient m'avoir pour potentat :
Alors les souverains les plus considérables
Furent à ce désir pleinement favorables,
Et l'on vint m'apporter, sur le sol d'Albion,
Le vœu que m'adressait la grande nation.

Enfin, après trente ans, je revis ma patrie;
Tu sais combien mon ame alors fut attendrie,
Et combien je reçus, à mon heureux retour,
De bénédictions et de marques d'amour.
Lorsque tu me chargeas de restaurer la France,
Mon zèle désira d'avoir cette prudence
Bien nécessaire, après les révolutions
Pour arrêter l'effet de tant de passions.
Le vaisseau de l'État était à reconstruire.
Dans ses proportions il fallait le réduire;
A sa première forme il fallait qu'il revînt,
Et qu'à le bien pourvoir tout mon zèle parvînt.
Mais en lui retirant sa grandeur colossale,
Il fallait conserver sa force principale,
Et tous les attributs qu'il pouvait réclamer
De celui dont la voix venait le ranimer.
Il fallait lui donner une nouvelle allure,
Pour que sa marche fût moins fougueuse et plus sûre;
Il fallait, en un mot, qu'il fût cher aux humains,
Et qu'il vînt protéger leurs paisibles destins.

    Pendant dix ans, ô Dieu! grâce à ton assistance,
Ma main a gouverné le vaisseau de la France.
Je n'ai craint nul péril, en pensant que toujours
En toi seul se trouvait l'arbitre de mes jours.
Pouvais-je redouter, en effet, un naufrage,
Puisque ma mission était ton propre ouvrage,
Et que tu me voyais m'efforcer, constamment,
D'agir avec sagesse, avec discernement?

    Ta voix m'a rappelé près de ton trône auguste,
Pour me récompenser du désir d'être juste.
Mon digne frère a pris en ses mains le pouvoir,

Et tu sais qu'il se fait le plus sacré devoir
De rendre sa patrie heureuse, florissante,
Et qu'il a pour ta loi l'ardeur la plus constante.
Conserve-le long-temps à l'amour des Français,
Et couronne ses soins du plus noble succès.

LA RELIGION.

Orgues, qui consacrez
A la majesté sainte
Des sons purs et sacrés.
Dans cette auguste enceinte,
Louez un roi pieux,
Que contemplent les cieux.

LA PRUDENCE.

Serpens pompeux, donnez
A la cérémonie
Tout ce que vous venez
Déployer d'harmonie
Dans les solennités
Où vos airs sont portés.

LA JUSTICE.

Sublimes violons,
Riches en mélodie,
De nos impressions
Parlez avec génie ;
Peignez nos sentimens,
En de si doux momens.

LA FORCE.

Clairons impétueux,

Que vos sons belliqueux
Montrent leur véhémence,
En cette circonstance,
Pour célébrer l'amour
Qu'inspire ce grand jour.

LA TEMPÉRANCE.

Bassons majestueux,
Que par vos sons pompeux
S'exprime l'allégresse
Et toute la tendresse
Que sent la nation
Pour un roi vraiment bon.

LA FOI.

Clarinettes brillantes,
Et bien réjouissantes,
Venez, par vos accords,
Témoigner les transports
Que la reconnaissance
Fait naître dans la France.

L'ESPÉRANCE.

O Lyres ! illustrées
Parmi l'antiquité,
Et vraiment révérées
Pour votre dignité;
Ranimez votre ardeur
Pour chanter un grand cœur.

LA CHARITÉ.

Vous, luths harmonieux,

Par vos vibrations,
Exprimez tous nos vœux
Nos bénédictions
Pour ce grand personnage
A qui tout rend hommage.

LA PIÉTÉ.

O harpes glorieuses!
Que vos voix généreuses
Viennent, en ce grand jour,
Témoigner leur amour,
Avec magnificence,
Au soutien de la France.

LA TOLÉRANCE.

Basses, qui soutenez
Des concerts l'harmonie,
Pour Charles résonnez
Sous la main du génie;
Que vos graves accens
Soient très intéressans.

LA VERTU.

Flûtes mélodieuses,
Et toujours gracieuses,
Que vos touchans accens
Peignent nos sentimens
Pour un roi tutélaire,
Dont l'existence est chère.

L'HONNEUR.

Trompettes imposantes,

(62)

Et souvent triomphantes,
Montrez, en cet instant,
Votre zèle éclatant
Pour un roi magnanime,
Dont l'ardeur est sublime.

LA FIDÉLITÉ.

Cors, qui retentissez
Avec un grand éclat,
Sonnez et bénissez
Aussi ce potentat,
Dont l'âme bienfaisante
Est toujours consolante.

LA SAGESSE.

Trombonnes, que l'on doit
A cette Germanie
Où la musique voit
Exceller son génie,
Mêlez à tous les sons
La vigueur de vos tons.

LA BONTÉ.

Champêtres chalumeaux,
Délaissez les hameaux,
Et venez à la fête;
Pour vous la place est prête.
Que vos sons délicats
Ont pour nous des appas!

L'HUMANITÉ.

Joyeux hautbois,

Que votre voix,
Par sa gaîté
Par sa clarté,
Chante un grand cœur,
Un bienfaiteur.

LA CONCORDE.

Cymbales éclatantes,
Soyez retentissantes.
Pour un grand souverain,
Aussi juste qu'humain,
Et par votre énergie
Mesurez l'harmonie.

LA CLÉMENCE.

Flageolets agréables,
Que vos sons délectables
Viennent dans ces concerts
Faire éclater des airs
Pleins de délicatesse,
Qui peignent l'allégresse.

LA PAIX.

Vous, Tambours, alternez,
Dans cette symphonie,
Avec tant d'instrumens
Éclatans d'harmonie;
Et sentez tout le prix
De vanter Charles-Dix.

LA BIENFAISANCE.

Fifres, qui secondez

Les tambours belliqueux,
Avec eux accordez
Vos sons vifs et nombreux,
Pour la réjouissance
Où se livre la France.

LA SINCÉRITÉ.

Cloches, retentissez
Pour un grand personnage :
Par vos sons bénissez
Le glorieux hommage
Que rend tout un état
Au meilleur potentat.

LA MAGNANIMITÉ.

Canons, qui possédez
Une voix éclatante
Par vos sons répandez
L'allégresse touchante
Que cause un souverain
Si cher au genre humain.

LES ORGUES, LA MUSIQUE, LES TAMBOURS, LES CLO-CHES, LES CANONS.

Nous bénissons,
Nous honorons,
Nous célébrons,
Nous exaltons,
Et nous chantons,
Tous un Bourbon.

Quels beaux destins !
Dans les lieux saints,
Dans les cités,
Dans les vallons,
Et sur les monts,
Au sein des airs,
Et sur les mers,
Nos sons bruyans
Sont éclatans.

Quelle harmonie
Entre nos sons !
Heureux génie
Des nations,
Nos sons pieux
Vont jusqu'aux cieux.

L'Être éternel
Pour un mortel
Voit tant d'amour,
En ce beau jour.

Mais ce mortel
Est un bon roi,
Qui soumet son sceptre à la loi.

LA MUSIQUE.

Honneur au céleste patron
D'un roi souverainement bon.
Que nos sons aient cette noblesse
Convenable à tant d'allégresse :

Qu'ils expriment en ce grand jour
De touchans sentimens d'amour.

LES ORGUES.

O bienheureux ! que la patrie
De toi soit constamment chérie !
Noble ministre du Seigneur,
Conserve toujours ta faveur
A la France qui te révère,
Comme son ange tutélaire.

LA MUSIQUE.

Sublime protecteur d'un roi
Tout rempli d'une pure foi,
Qu'il mérite ta bienveillance,
Puisque constamment sa puissance
Affermit la religion,
Et régit bien sa nation !

LES ORGUES.

Veille sur les jours précieux
D'un souverain si glorieux,
Tu peux, par ta haute influence,
Faire étendre son existence
Au terme le plus reculé :
Ce serait un bien signalé.

LA MUSIQUE.

Nous espérons que le Sauveur,
Favorable à notre bonheur,
Exaucera nos vœux sincères,

En donnant des destins prospères,
Ainsi que des ans très nombreux,
A notre prince généreux.

LES ORGUES.

Oui, nous croyons que l'éternel,
D'un monarque si paternel
Etendra bien loin l'existence,
Pour l'intérêt de cette France
Qui témoigne des sentimens
Aussi louables que fervens.

LES TAMBOURS ET LA MUSIQUE,

Alternativement, en revenant de la Cathédrale.

Air : *C'est un Bourbon.*

Que les Bourbons
Sont dignes de nous plaire!
Nous chérissons
Leur règne tutélaire,
Leur équité,
Pleine d'humanité.

Sous les Bourbons
La France enfin respire :
Nous jouissons
Du paternel empire
Des sages lois
Que nous donnent nos rois.

Oui, des Bourbons

L'heureux retour en France
Aux nations
A donné l'assurance
Que désormais
On pourra vivre en paix.

Sages Bourbons,
Dans votre dynastie,
Nous retrouvons
La forte garantie
Des libertés
Et des prospérités.

Heureux Bourbons
Pères de la patrie,
Des nations
Votre gloire est chérie;
Votre grandeur
N'a point d'éclat trompeur.

Venez, Bourbons,
Recevoir les hommages
Que nous devons
A vos lois vraiment sages,
A vos travaux
Aussi nombreux que beaux.

Pour les Bourbons,
Qu'a réclamés la France,
Nous conservons
Cette reconnaissance

Qu'aux plus grands biens
Doivent des citoyens.

De ces Bourbons,
Que tout affectionne,
Nous vénérons
La sublime couronne,
Gage suprême,
Donné par le ciel même.

Sans les Bourbons,
Que devenait la France ?
Les nations
Étaient d'intelligence
Pour se venger,
Et se la partager.

Par les Bourbons,
Q'aime la Providence,
Nous recouvrons
Une noble influence
Sur les destins
D'états même lointains.

Sous les Bourbons,
Pleins d'ardeur généreuse,
Quand des clairons
La voix audacieuse
Veut des combats,
Nous avons des soldats.

Nous admirons

D'illustres capitaines,
Que des Bourbons
Les bontés souveraines
Comblent d'honneurs,
De sublimes faveurs.

Cent légions,
Pleines d'un noble zèle,
Pour les Bourbons
Ont une ardeur fidèle,
Un dévoûment
Qui brille éminemment.

Nobles Bourbons,
Amis de la vaillance,
Nos légions,
Pleines de confiance
Dans votre voix,
Respectent tous les droits.

Nos légions,
Dont la gloire est chérie,
Dans les Bourbons
Voient aussi la patrie :
Le Roi, l'État,
Sont l'amour du soldat.

Oui, nous voyons
Que notre belle armée
Pour les Bourbons
Est vraiment animée

D'un noble amour,
Qui s'accroît chaque jour.

Nos vieux soldats
Sont chers à la patrie;
Par cent combats
Leur ame est aguerrie,
Et leurs exploits
Sont aimés de nos Rois.

Honneur des camps,
Glorieux invalides!
Par vos élans
Belliqueux, intrépides,
Le nom français
Est plus grand que jamais.

Avec respect
La France vous contemple,
Et votre aspect
En un palais rassemble
Des faits brillans,
Et vraiment imposans.

Oui, dans ces lieux,
Votre gloire est empreinte;
Un roi fameux
A fondé cette enceinte
Où des héros
Ont un noble repos.

Charles, doué

D'une ame magnanime,
Vous a voué
La plus parfaite estime,
Vaillans guerriers,
*Tous couverts de lauriers.

Dans les Bourbons,
Tout a de l'espérance,
Et nous avons
Beaucoup de confiance
Dans leurs talens,
Et dans leurs sentimens.

Sur les Bourbons
Que l'honneur a d'empire!
Nous admirons
Ce que vient leur prescrire
La loyauté,
Qui fait leur volonté.

Quand les Bourbons
Sont revenus en France,
Les nations
Ont béni l'influence
De ce retour,
Si cher à notre amour.

En vous, Bourbons,
Nés pour le diadême,
Nous retrouvons
Cette bonté suprême

Qu'il faut chérir
Et que l'on doit bénir.

Voyez, Bourbons,
L'amour de nos provinces,
Nous remarquons
Leur zèle pour des princes
Dont le malheur
A retrempé le cœur.

Dignes Bourbons,
Votre splendeur auguste
Aux nations
Montre un régime juste :
Le monde entier
Sait vous apprécier.

Qui des Bourbons
N'aimerait la puissance ?
Combien sont bons
Ces Rois dont l'existence
Est constamment
Un noble dévouement !

Goûtez, Bourbons,
La douce récompense
Que nous offrons
A votre bienveillance :
Oui, notre amour
Vous bénit chaque jour.

Suivez, Bourbons,
Les plans de votre zèle :

Nous connaissons
Votre ardeur si fidèle
Aux intérêts
De vos nombreux sujets.

Croyez, Bourbons,
A notre amour sincère :
Nous vous devons,
Un régime prospère,
Et vraiment doux,
Que nous chérissons tous.

Jamais, Bourbons,
Le sceptre de la France
Aux nations
N'a donné d'espérance,
D'un plus haut prix
Que ne fait Charles-Dix.

Régnez, Bourbons,
A jamais sur la France :
Les plus beaux dons
Que fait la Providence
Offrent des Rois
Qui respectent les lois.

A vous, Bourbons,
Que l'amour environne
Nous désirons
Que le grand Être donne
Un très long cours
Des plus fortunés jours.

Air :

Charles, votre règne heureux
Doit faire une grande époque,
Car votre cœur généreux
Accorde ce qu'on invoque.

Vous êtes le bienfaiteur
D'un peuple aimable, éclairé,
De qui l'intérêt majeur
Est pour vous toujours sacré.

Prince, le cours fortuné
De votre royale vie
Paraît vraiment destiné
Au bonheur de la patrie.

Oh! combien, en peu d'années,
Votre règne offre à nos-yeux
D'actions qu'a couronnées
Un succès bien glorieux!

Mais combien nous attendons
Encor de votre puissance!
Oui, prince, nous demandons
Beaucoup à votre obligeance.

Après tant de maux soufferts,
Après tant de sacrifices,
Des biens qui nous sont offerts
Goûtons enfin les délices.

Vous êtes le bienfaiteur,
Le père de la patrie :
La France, de votre cœur,
Est éminemment chérie.

Sur une terre étrangère,
Dans l'exil et le malheur,
Votre noble caractère
Désirait notre bonheur.

Vous avez mis à profit
Une si pénible absence,
Pour donner à votre esprit
Encor plus d'intelligence.

Sur le sol vraiment classique
De la liberté publique,
Vous avez vu que la loi
Règne toujours sur le roi.

Vous avez vu quel amour
Font éclater, chaque jour,
Pour leurs lois si salutaires,
D'énergiques insulaires.

Vous avez vu que la loi
Inspire un respect suprême,
Sans qu'on fasse nul emploi
D'aucune rigueur extrême.

Quand les lois sont consenties
Par les vœux des citoyens,

Elles sont les garanties
Des plus avantageux biens.

Vous avez vu l'industrie
Faire la prospérité
D'une nation mûrie
Au sein de la liberté.

Vous avez vu quelle gloire
La marine d'Albion
Donne à tout son territoire,
A toute sa nation.

Vous avez vu des vaisseaux,
Jadis enfans de la France,
Parer, à regret, les eaux
D'une orgueilleuse puissance.

Votre ame patriotique
A pleuré sur nos revers,
Dans l'empire britannique
Qui domine sur les mers.

Vous avez vu nos marins,
Esclaves sur la Tamise,
Qui, par de cruels destins,
Expiaient leur gloire acquise.

Votre cœur s'est rappelé
Cette brillante carrière
Où l'honneur a signalé
Notre marine guerrière.

Elle peut par vous reprendre
Son éclat si précieux :
Oui, votre voix peut la rendre
A ses destins glorieux.

La France attache un haut prix
A sa grandeur maritime;
Noble fils de saint Louis,
Votre zèle la ranime.

Sur le vaste sein de l'onde,
Allez, généreux vaisseaux,
Allez assurer au monde
Un profitable repos.

Allez répandre en tous lieux
Le trésor de nos lumières,
Vous mériterez des cieux
Les faveurs particulières.

Allez ouvrir au commerce
Des sentiers avantageux ;
Depuis long-temps il s'exerce
A rendre le globe heureux.

De la navigation
Accroissez la sphère immense,
Et que son extension
Fasse encor bénir la France.

Allez, soyez pour les mers
Une égide protectrice;

Montrez à tout l'univers
Votre important exercice.

Que le pavillon de lis
Trouve en toutes les contrées
Des peuples vraiment amis
De ses faveurs épurées.

Arrachez à l'esclavage
Taut d'infortunés mortels,
Qui, sur un lointain rivage,
Eprouvent des maux cruels.

Empêchez que l'on n'attente
Aux droits de l'humanité,
Par la traite révoltante
Que fait la cupidité.

Anéantissez les maux
Que fait la piraterie :
Frappez, valeureux vaisseaux,
Ce reste de barbarie.

Que la marine marchande
Est précieuse à l'état !
Oh ! qu'elle se recommande,
Sous le plus modeste éclat !

A quels encouragemens
Ne doit-elle pas prétendre !
Que de bienfaits importans
De ses soins on doit attendre !

LES TROMPETTES, LES CORS, LES CLAIRONS, ET LES CLARINETTES,

Alternativement.

Air : *Vive Henri IV*.

Ce Charles-Dix,
Qui gouverne la France,
A vu Cadix
Bénir son influence,
Et nos guerriers
Y cueillir des lauriers.

Son fils aîné,
Que la gloire accompagne,
A terminé
Les troubles de l'Espagne,
Et nos soldats
De lui font un grand cas.

Duc d'Angoulême,
O modeste héros !
Ton rang suprême
T'offrait un doux repos,
Lorsque l'honneur
Éveilla ta valeur.

Ta voix commande,
A l'étendart des lis,
Ce que demande
Un immortel Louis,

Ce sage roi,
Protecteur de la loi.

Le drapeau blanc,
Cette antique bannière,
Tout éclatant,
Rentre dans la carrière,
Et ses exploits
Affermissent les rois.

Trocadéro,
Citadelle fameuse,
Notre drapeau,
Plein d'ardeur généreuse
T'a délivré,
Par un fait célébré.

O Ferdinand!
Ton brillant diadême
A pour garant
Notre duc d'Angoulême,
Libérateur
Que chérit notre cœur.

Les factions
Sont bientôt comprimées.
Les nations
Cessent d'être alarmées;
La piété
Règne avec l'équité.

LES TAMBOURS ET LA MUSIQUE,

Alternativement.

Air :

Aux faits brillans
La France est destinée.
De grands talens
Elle est toujours ornée,
Et leur éclat
Fait resplendir l'état.

La liberté,
Toujours chère à la France,
A cimenté
Une heureuse alliance
Avec les rois,
Qui soutiennent ses droits.

Chaque Français
Aux honneurs peut prétendre.
Oh ! quels bienfaits
Ce mode vient répandre
Dans tous les rangs,
Jadis si différens !

La loi sur nous
Montre un égal empire
Nous sentons tous
Ce qu'elle vient prescrire.
Nos magistrats
Ne nous alarment pas.

L'instruction
Partout est répandue.
La nation
A ses droits est rendue :
L'égalité
Règne avec l'équité.

L'agriculture
A fait de grands progrès,
Et tout assure
Aux travaux de Cérès
D'être à jamais
Les premiers des bienfaits.

Le laboureur
Est un propriétaire,
Et son labeur
N'est plus d'un mercenaire,
Qu'on alarmait,
Et que l'on opprimait.

Que l'industrie
Étonne nos regards !
Notre patrie
Offre, de toutes parts,
D'heureux effets
De ses travaux parfaits.

La liberté
Reçoit un juste hommage :
L'humanité
Veut bannir l'esclavage,

Et les mortels
Deviennent moins cruels.

Si le commerce
Offre quelque langueur,
Charles s'exerce
A rendre la vigueur
A ce lien,
Source d'un si grand bien.

Notre marine
Prend un brillant essor :
On la destine
A s'illustrer encor,
Et ce dessein,
Prince, est né dans ton sein.

La politique
A de la loyauté :
Elle s'applique,
Avec sincérité,
A rendre heureux
Des peuples fort nombreux.

Chaque artisan
Peut, dans notre patrie,
D'après son plan,
Régler son industrie :
Nulle maîtrise
A présent n'est admise.

La Capitale

S'embellit chaque jour :
  La main royale.
Y montre son amour ;
  Elle y répand
Un éclat vraiment grand.

  De quels beaux ponts
La Seine est décorée !
  Nous y voyons
L'image révérée
  De ces Français
Qu'on bénit à jamais.

  Le luxe fait
Briller notre patrie,
  Et son effet
Donne à notre industrie
  L'accroissement
Qu'elle offre heureusement.

  De ces tributs
Qui sont levés en France,
  Bien peu d'abus
Sont une conséquence.
  Tous nos impôts
Maintenant sont légaux.

  Tout est utile
A la société ;
  Tout est facile
A notre habileté,

Et l'opulence
A de la vigilance.

On connaît mieux
Le prix de la richesse :
L'homme, en tous lieux,
Veut bannir la mollesse ;
L'oisiveté
Cède à l'activité.

L'enseignement
Est devenu facile :
Il est vraiment
Aussi simple qu'utile,
Et les enfans
Font des progrès frappans.

La gymnastique,
Dans notre nation,
Très bien s'applique
A l'éducation,
Et la jeunesse
A la suivre s'empresse.

Les savans ont
Agrandi les sciences :
Oh ! quels biens sont
Les justes conséquences
De leurs travaux,
Si précieux, si beaux !

Depuis trente ans

Que de vastes contrées,
  Par les savans,
Se trouvent explorées !
  Quels faits nouveaux
Présentent leurs travaux !

  L'imprimerie
Va tout civiliser :
  Notre patrie
Doit la préconiser,
  Car, par la presse,
On s'éclaire sans cesse.

  Voyez partout,
Dans la littérature,
  Combien le goût
S'agrandit et s'épure !
  Tous les auteurs
Veulent peindre les mœurs.

  La poésie,
Au lieu du merveilleux,
  Avec génie,
Peint les faits glorieux,
  Les actions
Des grandes nations.

  Le romantique
Est très intéressant,
  Et le classique
Est toujours florissant :

   Tous deux, pour nous,
Ont des charmes bien doux.

   Que l'éloquence
Brille d'un noble éclat !
   Son influence
Est utile à l'État :
   Nos orateurs
Méritent des honneurs.

   De nos bons Rois
L'auguste dynastie
   Pour tous nos droits
Est une garantie :
   Leur volonté
Suit toujours l'équité.

   Quel sort prospère
La restauration
   Parvient à faire
A notre nation !
   Nos citoyens
Vont goûter tous les biens.

LES TAMBOURS ET LA MUSIQUE.

Air :

Charles que votre retour
Intéressait la patrie.
Nous bénissons chaque jour;
Votre sagesse mûrie.

Vous nous avez rapporté
Une très grande aptitude
A rétablir l'équité
Dans toute sa plénitude.

Vous nous avez rapporté
Un grand amour des lumières,
Et qui s'est manifesté
En vous de toutes manières.

Vous avez su maintenir
Ce que votre auguste frère
A su chez nous établir
Par son zèle tutélaire.

Vous avez exécuté
Ses projets vraiment louables,
Et vous avez mérité
Des louanges mémorables.

Au zèle qui l'animait,
Votre cœur fait son étude
De joindre le grand bienfait
De votre sollicitude.

C'est à vous à compléter
Ce qui manque à la patrie,
Pour qu'on ne puisse attenter
A sa liberté chérie.

Oui, c'est de vous qu'elle attend
Toutes ces lois protectrices

Qui sont du gouvernement
Les formes conservatrices.

Haïti, le grand bienfait
De ta noble indépendance
Doit son précieux effet
Au souverain de la France.

Charles-Dix a consacré
Ta liberté désirée ;
Par ce prince révéré
Ta puissance est assurée.

Bénis un tel souverain,
Et chéris notre alliance,
Et favorise en ton sein
Le pavillon de la France.

Roi, qui répandez partout
Votre influence prospère,
De quoi ne vient pas à bout
Un zèle aussi salutaire !

Le monde se recompose,
Sur de nouveaux élémens :
Plus d'un peuple se repose
Sur vos loyaux sentimens.

Garantissez l'équilibre
Entre tant de nations ;
Que sans licence on soit libre,
Par les constitutions.

Soyez un vivant exemple
De l'amour qu'inspire un roi,
Puisque dans vous on contemple
Un protecteur de la loi.

Soyez un parfait modèle
De tout ce qu'un potentat
Peut, par son ardeur fidèle,
Pour le bien de son État.

Montrez à toute la terre
Ce que, pour l'humanité,
Peut la piété sincère,
Unie avec l'équité.

Occupez, prince, long-temps
Le plus beau trône du monde,
Que méritent vos talens,
Votre sagesse profonde.

Tenez, pendant un long cours,
Votre sceptre tutélaire,
Puisque vous montrez toujours
Le plus loyal caractère.